OCTAVE MIRBEAU

LE COMÉDIEN

Il a été tiré pour les Bibliophiles 50 exemplaires de choix,

savoir :

25 sur papier du Japon (fabrique impériale),

25 sur papier vergé de Hollande.

Numérotés pour chaque papier de 1 à 25.

No

En vente à la même librairie, quelques exemplaires de :

LA CHAMBRE JAUNE

Ce petit volume contient la correspondance intime échangée naguère entre une actrice parisienne aujourd'hui célèbre et..... un journaliste, auteur dramatique connu. Le lecteur reconnaîtra facilement les deux amoureux dans ces lettres qui n'étaient point destinées à la publicité et forment une véritable curiosité.

Élégante publication de bibliophile, tirée en deux couleurs, avec joli titre frontispice gravé par Masson. In-16, sur papier teinté, 4 francs.

OCTAVE MIRBEAU

LE COMÉDIEN

SUIVI DE

L'Entrefilet de M. Vitu, — la Lettre de
M. Mirbeau à M. Magnard, —
l'Ordre du jour du théâtre du
Château-d'Eau.

BRUNOX, Succ^r DE DAFFIS

Publications Bibliographiques, de Luxe et de Bibliophiles,
7, rue Guénégaud, à Paris.
MDCCCLXXXIII

A la suite de l'article de M. Mirbeau publié dans le *Figaro* du 26 octobre 1882, intitulé : LE COMÉDIEN, que nous reproduisons *sans aucune espèce de modification ni changement,* on trouvera :

1° *L'entrefilet de M. Vitu,* publié dans le *Figaro* du surlendemain et auquel la réponse de M. Coquelin (que nous donnons d'autre part) fait allusion ;

2° *La lettre de M. Mirbeau à M. Magnard,* expliquant l'origine de l'article ;

3° *L'ordre du jour voté par les artistes* au théâtre du Château-d'Eau et qui paraît avoir clos l'incident.

Nous avons emprunté au journal *le Nouvelliste de Paris,* du 31 octobre 1882, la lettre de M. Mirbeau et le compte rendu de la réunion des artistes au théâtre du Château-d'Eau.

LE COMÉDIEN

E procès Mayer-Coquelin est revenu hier devant le tribunal de commerce. Il faut s'attendre à un débordement de comptes rendus, discussions, gloses et commentaires, comme s'il s'agissait d'un acte diplomatique d'où dépend le sort d'un peuple. Les journaux seront remplis d'anecdotes à ce sujet. Chacun prendra parti pour ou contre. Il y aura des gros mots, des disputes dans les cafés, des brouilles dans les familles, peut-être des duels. Et le comédien, une fois de plus, aura bouleversé le monde.

Aujourd'hui où l'on ne s'intéresse plus à rien, on s'intéresse au comédien. Il a le don de passionner les curiosités en un temps où l'on ne se passionne plus pourtant ni pour un homme, ni pour une idée. Depuis le prince de maison royale qui le visite dans sa loge, jusqu'au voyou qui, les yeux béants, s'écrase le nez aux vitrines des marchands de photographies, tout le monde, en chœur, chante la gloire du comédien. Alors qu'un artiste ou qu'un écrivain met vingt ans de travail, de misère et de génie à sortir de la foule, lui, en un seul soir de grimaces, a conquis la terre. Il y promène, en roi absolu, au bruit des acclamations, sa face grimée et flétrie par le fard ; il y étale ses costumes de carnaval et ses impudentes fatuités. Et de fait il est roi, le comédien. Avec le bois pourri de ses tréteaux il s'est bâti un trône, ou plutôt le public — ce public de décadents que nous sommes — lui a bâti un trône. Et il s'y pavane, insolent ; il s'y vautre, stupide, se faisant un sceptre du bec usé de sa seringue, et couronnant sa figure d'eunuque vicieux d'une ridicule couronne de carton peint. Cet être, autrefois rejeté hors de la vie sociale, pourrissant, sordide et galeux, dans son ghetto, s'est emparé de toute la vie sociale. Ce n'est point assez de la popularité dont on l'honore, des richesses dont on le gorge. En échange des mépris anciens, on lui rend les honneurs nationaux, et nous en sommes venus à un tel point d'irrémédiable abaissement que, marchandant la récompense à de vrais courages et à de sublimes dévouements, nous attachons la croix sur la poitrine de ce pître dont le métier est de recevoir, tous les soirs, sur la scène, des coups de pied et des gifles.

On accuse les journaux de ce grandissement démesuré du comédien. « C'est vous qui les faites », nous dit-on. C'est une erreur. C'est le public qui les fait ; c'est le public qui veut être renseigné non seulement sur la manière dont ils jouent leurs rôles, mais sur leurs intimités ; non seulement sur leurs souliers à bouffettes de satin, mais aussi sur leurs pantoufles. Il veut les voir sur la scène, et les voir aussi chez eux. Il est attiré vers le comédien, comme vers une chose qui laisse du mystère après elle. Il flaire en lui un parfum de vice inconnu, à la fois délicieux et redoutable à humer. Les irrégularités, les camaraderies, les promiscuités de la vie de théâtre, tout cela le trouble étrangement. Et il demande qu'on lui soulève un coin du rideau qui lui cache les priapées qu'il a rêvées.

Est-ce la faute des journaux aussi si le public se rue, pendant trois cents représentations, dans une même salle de spectacle pour y applaudir et y ensevelir sous les fleurs une chanteuse d'opérettes, dont la voix est laide, mais dont les mollets son beaux et qui sait, par un renversement de toute logique et de toute raison, tirer du mot le plus simple une obscénité qui fait se pâmer tous ces braves gens sur leurs fauteuils ou dans le fond de leurs loges ? Les journaux constatent, voilà tout. Ils ne peuvent pourtant pas écrire qu'on a sifflé M. Coquelin, quand on l'a applaudi, et qu'on a jeté des pommes cuites à Mlle Ugalde, quand ce sont des roses-thé et des violettes.

En cet article rapide, je ne parle pas du *cabot,* du pauvre *cabot,* souffreteux, maigre et jaune, du *cabot* sans théâtre et sans rôle, qui traîne de cafés en brasseries ses bottes trouées, son linge crasseux, ses regrets d'hier et ses espérances de demain. Je parle seulement du comédien, du vrai, du grand, de celui dont on dit qu'il est un *artiste,* à qui les femmes écrivent des lettres d'amour, qui va dans le monde, non point comme un salarié de plaisir, mais comme un visiteur de luxe dont on s'enorgueillit ; du comédien qui gagne 100,000 francs par an, comme un président de la Chambre, et dont la critique, complaisamment et durant trois colonnes de feuilleton, vante chaque semaine les talents variés, la voix géniale, le geste sublime ; du comédien enfin qui prend, dans la vie, une place qui ne lui appartient pas et que tout le monde, par une aberration de la responsabilité sociale, s'efforce à faire encore plus belle et plus conquérante.

Qu'est-ce que le comédien ? Le comédien, par la nature même de son métier, est un être inférieur et un réprouvé. Du moment où il monte sur les planches, il a fait l'abdication de sa qualité d'homme. Il n'a plus ni sa personnalité, ce que le plus inintelligent possède toujours, ni sa forme physique. Il n'a même plus ce que les plus pauvres ont, la propriété de son visage. Tout cela n'est plus à lui, tout cela appartient aux personnages qu'il est chargé de représenter. Non seulement il pense comme eux, mais il doit marcher comme eux ; il doit non seulement se fourrer leurs idées, leurs émotions et leurs sensations dans sa cervelle de singe, mais il doit encore prendre leurs vêtements et leurs bottes, leur barbe s'il est rasé, leurs rides s'il est jeune, leur beauté s'il est laid, leur laideur s'il est beau, leur ventre énorme s'il est efflanqué, leur maigreur spectrale s'il est obèse. Il ne peut être ni jeune, ni vieux, ni malade, ni bien portant, ni gras, ni maigre, ni triste, ni gai, à sa fantaisie ou à la fantaisie de la nature. Il prend les formes successives que prend la terre glaise sous les doigts du modeleur. Il doit vibrer comme un violon sous cent coups d'archets différents. Un comédien, c'est comme un piston ou une flûte, il faut souffler dedans pour en tirer un son. Voilà à quoi se réduit exactement le rôle du comédien, — ce comédien qu'on acclame, aux pieds duquel, auteur, directeur et public se traînent agenouillés, comme devant une idole, — au rôle inerte et passif d'un instrument. Si l'air est joli, s'il vous fait rire ou s'il vous fait pleurer, est-ce au violon que vous en êtes reconnaissant, est-ce le hautbois que vous applaudissez, est-ce au trombone à qui vous jetez des fleurs ? Le comédien est violon, hautbois, clarinette ou trombone, et il n'est que cela.

Il y a aussi le côté macabre et sinistre qui seul suffit à justifier et à faire regretter l'état de répugnante abjection, dans lequel l'ancienne société tenait le comédien. Dieu lui-même l'avait chassé de ses temples et ne permettait pas qu'il pût reposer son cadavre dans l'oubli tranquille et béni de ses cimetières. Errant de la vie, il voulait qu'il fût aussi un errant de la mort. Et c'était justice, car le comédien, ce prostitueur de la beauté, des douleurs et des respects de la vie, eût prostitué également la majesté, la sainteté et les consolations de la mort.

Avez-vous vu passer parfois un comédien malade ? Il est pâle avec des yeux cernés et creusés. Son dos est voûté, son allure chancelante. Il tousse, et sur ses lèvres blêmies mousse un peu de salive rougie de sang. C'est un phtisique. Le pauvre diable! Il fait peine à voir et il vous émeut. On a pour lui la pitié et cette sorte de respect poignant que la vue de ceux qui s'en vont inspire même aux plus sceptiques et aux plus endurcis. Le pauvre diable!

Le soir, il est dans sa loge ; il s'habille pour la représentation. Des pots de fard sont rangés devant lui; à droite, à gauche se hérissent des perruques rousses, blanches ou noires ; des houppettes bouffent, enfarinées de poudre, sur des boîtes ébréchées; des crayons errent çà et là, mêlés à des ustensiles bizarres, à des peignes et à des brosses. Le voilà devant sa glace et ce phtisique, qui sera peut-être mort dans un mois, cynique, maquille ses traits malades. Au milieu des hoquets de la toux, des jurements et des calembourgs, il creuse dans sa figure déjà creusée par la souffrance des grimaces rouges, il plaque des rires stupides et enluminés au coin de ses lèvres livides ; il avive de vermillon ses pommettes qui pointent, comme des clous, sous la peau, puis la bouche grand ouverte, l'œil arrondi, les jambes écartées et les poings sur la hanche, il se regarde, ravi, chantonne un air, se félicite de l'effet qu'il va produire, et conduit sa maladie au carnaval, comme une fille qu'on insulte. La pitié qui vous avait serré le cœur, en le voyant passer dans la rue, devient du mépris. Et cette pâle et douloureuse vision de maladie, qui s'en va lentement, se courbant vers la mort, prend un aspect hideux et repoussant de cauchemar.

Avez-vous vu passer parfois un comédien vieillard ?

Il vacille sur ses jambes et s'appuie lourdement sur sa canne. Il est propre et soigné. Ses cheveux sont tout blancs et dans ses yeux, dont les paupières tremblotent, il semble qu'on voit de la lumière, cette lumière des bons vieux dont parle Victor Hugo. On est prêt à se découvrir devant ce long cortége d'années qui défilent. Pauvre vieux !

Le soir il est sur la scène, grotesque, effrayant. Sa couronne de cheveux blanchis se hérisse en toupet. Dans ses yeux brille une lueur falotte, grimace un clignement de débauché impuissant, et ses jambes qui peuvent à peine le porter se secouent et vaguement ébauchent un pas de cancan.

Le comédien a déshonoré ces deux choses respectables et saintes : la maladie et la vieillesse.

Il ne peut même pas souffrir, le comédien. Il est à la piste d'une douleur, pour la noter ou la reproduire sur la scène. Ce sera son *effet*, au *deux* ou au *trois !*

Il a perdu sa femme ou son enfant. Le cadavre est là, dans la chambre, raide sur le lit paré funèbrement. Une grande douleur lui est venue, mais il a passé devant la glace. Il se regarde. Ah! comme ses traits sont décomposés, comme ses larmes ont tracé là, sous les yeux, un sillon rouge ; comme la lèvre s'est plissée, curieusement! Et il note tout ; et il recommence à plisser ses lèvres, à décomposer ses traits, à voiler ses yeux, à gonfler ses paupières. Oui, c'est bien cela ; l'*effet* est trouvé. Comme il sera applaudi demain !

Le comédien a déshonoré la souffrance.

Voilà ce qu'il appelle son art, ce métier horrible et honteux pour lequel nous n'avons pas, nous public, assez de battements de mains, assez de fleurs, assez de couronnes ; ce métier pour lequel toute la vie d'une grande ville se met en branle, en l'honneur duquel il faut dresser des statues, des palais et des panthéons.

Et plus l'art s'abaisse et descend, plus le comédien monte. Quand, au grand soleil de la Grèce, à la pleine clarté du jour, le peuple applaudissait, emporté dans le génie de Sophocle, le comédien n'était rien, il disparaissait sous le souffle superbe de l'œuvre. Aujourd'hui, le comédien est tout. C'est lui qui porte l'œuvre chétive. Aux époques de décadence, il ne se contente pas d'être roi sur la scène, il veut aussi être roi dans la vie. Et comme nous avons tout détruit, comme nous avons renversé toutes nos croyances et brisé tous nos drapeaux, nous le hissons, le comédien, au sommet de la hiérarchie, comme le drapeau de nos décompositions.

Octave MIRBEAU.

L'entrefilet de M. Vitu.

N article intitulé le *Comédien,* paru avant-hier matin, sous la signature de M. Octave Mirbeau, l'un de nos jeunes chroniqueurs, a produit dans le monde artistique une sensation pénible, on peut même dire douloureuse, à laquelle la rédaction du *Figaro* ne saurait demeurer indifférente.

MM. Halanzier, Delaunay, Faure, Coquelin aîné et Gailhard, président et délégués de la Société de secours mutuels des artistes dramatiques, dans une visite que nous venons de recevoir, nous ont exprimé, avec émotion, le chagrin qu'ils ont éprouvé de voir leur personne et leur profession appréciées avec une violente injustice et signalées à l'animadversion publique.

Tout en rappelant aux honorables délégués de la Société des artistes dramatiques que les articles publiés dans les colonnes du *Figaro*, considérées comme une tribune ouverte à toutes les opinions philosophiques et littéraires, n'engagent que leur auteur, nous avons compris le sentiment très légitime qui dictait la démarche de M. Halanzier et de ses collègues; nous ne pouvions donc hésiter à leur donner le seul commentaire de l'article en question qui fût digne d'eux et de nous, en leur rappelant la longue collaboration de bonnes œuvres qui unit depuis si longtemps le *Figaro* et la Société des artistes dramatiques, parmi lesquels chacun de nous compte tant d'amis sûrs et dévoués.

Le théâtre et la littérature tiennent une trop grande place dans le programme du *Figaro*, pour qu'on n'y apprécie pas comme ils le méritent le talent et les efforts des artistes qui seuls ont le pouvoir de communiquer à la foule le secret de la pensée du poète ou du compositeur. Qui de nous n'a eu l'occasion de rendre ici même justice à leurs qualités de cœur, à leur générosité, à leur inépuisable charité, qui nous a permis de soulager ensemble tant d'infortunes ?

C'est avec l'assentiment de la rédaction entière du *Figaro*, qu'en assurant encore une fois la corporation des artistes de notre estime er de notre sympathie, je coupe court à une regrettable méprise, qui ne laissera nulle trace demain.

Auguste VITU.

On trouvera dans les journaux du 28 octobre 1882 le récit des démarches faites par MM. René Luguet et Numès, pour M. Daubray, et par d'autres artistes, pour MM. Lassalle, Raymond et d'autres dont les noms nous échappent, dans le but de demander réparation à M. Mirbeau.

La lettre de M. Mirbeau.

A M. Francis MAGNARD, rédacteur en chef du FIGARO.

Monsieur le rédacteur en chef,

L y a quinze jours environ, dans votre cabinet, nous causions de l'*article à faire* :

— Ah ! me dites-vous, ces cabotins commencent à m'énerver. Ma parole ! ils prennent tous les jours une importance plus insupportable... Il faut les éreinter. Et, avec votre vibration, vous qui ne devez pas les aimer, vous ferez très bien cet article.

Votre proposition correspondait à ma manière de voir. Comme vous, je n'aime pas les comédiens : c'est une affaire de goût. Je me chargeai de l'article.

Une indisposition m'ayant empêché pendant quelque temps de paraître au journal, vous m'écriviez la lettre suivante :

« Lundi.

« Mon cher collaborateur,

« Un mot de vous à Valter m'apprend que vous allez mieux ; j'en suis fort aise. Je crois que le procès Mayer-Coquelin, qu'on plaide mardi, donnera de la saveur à votre article sur « le Comédien ».

« Très cordialement,

« F. Magnard. »

Le lendemain, autre lettre :

« Mardi soir.

« Mon cher collaborateur,

« Vous savez que je compte *absolument* sur vous pour demain soir mercredi. Toujours « le Comédien », n'est-ce pas ? Vous avez dû réussir cela.

« Très cordialement,

« F. Magnard. »

L'article paraît. Vous n'étiez pas absent du journal. Vous l'avez vu, corrigé, approuvé.

Mieux encore, le soir de l'apparition de l'article, vous ne m'avez pas marchandé vos félicitations.

— Très bien ! bravo ! c'est votre meilleur ! Et puis quoi ? Ils crieront ? Le public sera ravi ! Excellent !

Tel est l'historique exact de notre article « le Comédien ».

Là-dessus, tapage énorme, discussions, réunions, revendications et provocations.

— N'allez pas au *Figaro*, me dit un de nos confrères, il y a un débordement de comédiens. Laissez-moi voir Magnard auparavant. Je vous tiendrai au courant.

Notre confrère va vous voir. Après vous avoir vu :

— Tenez-vous tranquille, me dit-il. Vos droits seront pleinement sauvegardés par Magnard. Vous pouvez dormir sur vos deux oreilles.

Le lendemain, je lisais dans le *Figaro* le désaveu de l'article publié dans le *Figaro;* l'idée première venait de vous, monsieur le rédacteur en chef du *Figaro*. Galamment même, vous faisiez rejeter sur moi seul toute la responsabilité.

Mon sentiment absolu, — et le sentiment des hommes autorisés dont j'avais immédiatement pris conseil, — était que je ne devais aucune espèce de réparation. Car, de l'aveu unanime, il n'y avait aucune méprise possible, en dépit de M. Vitu, sur le caractère impersonnel, purement philosophique et littéraire de ma thèse.

C'est dans ces dispositions que, hier samedi, accompagné d'un de nos amis communs, j'allai au *Figaro* porter ma démission.

— Mais non, mais non, avez-vous objecté. Vous avez jusqu'ici très mal conduit votre affaire. Il ne vous reste qu'un moyen d'en sortir... Mon petit, faut vous battre.

C'était le cadet de mes soucis. Et, lassé de voir s'éterniser toutes ces discussions, et contrairement à la ligne de conduite tracée d'un commun accord entre mes conseils et moi, j'admis le principe d'une réparation à accorder aux comédiens faisant partie de l'Association des artistes dramatiques.

Une note, signée de moi, fut conçue dans ce sens. A onze heures du soir, je venais moi-même voir l'épreuve. Et alors, à tête reposée, je pus spécifier que le comédien auquel j'étais tout prêt à accorder satisfaction, au nom de tous, serait désigné par le comité de l'Association. C'était plus logique, plus précis, et c'était mon droit le plus élémentaire.

Comme vous n'étiez pas là, je priai M. Bataille de vous notifier ce détail, et... j'allai me coucher en attendant le *Figaro* du lendemain matin.

Or, le *Figaro* du lendemain matin, qui, par l'organe de son rédacteur en chef, avait collaboré à mon article (mon cher collaborateur, vous ne le nierez pas); qui l'avait désavoué ensuite, qui voulait me faire battre après, — ne contenait rien du tout.

Eh bien? monsieur Magnard, « mon cher collaborateur », je reprends ma proposition, je la maintiens et je la complète :

1° Vous recevrez demain la visite de deux de mes amis, chargés de vous demander réparation de la double injure que vous m'avez faite en me désavouant, et en n'insérant pas ma note destinée à clore l'incident;

2° Il est entendu que je me tiens à la disposition de celui de MM. les comédiens qui sera désigné, au nom de l'Association, par le Comité même de l'Association des artistes dramatiques, sous la présidence de M. Halanzier.

Je vous connais assez, « mon cher collaborateur », pour être assuré que vous n'hésiterez pas à vous tenir, comme moi, à la disposition de ce même comédien, ou d'un autre, si vous l'aimez mieux, puisque notre responsabilité est égale dans cette aventure, et que nous sommes deux complices.

O. Mirbeau.

L'Ordre du jour
du théâtre du Château-d'Eau.

Nous empruntons au *Nouvelliste de Paris* du 31 octobre 1882, le compte rendu ci-dessous de la réunion tenue, à la suite de l'incident Mirbeau, par MM. les artistes au théâtre du Château-d'Eau.

INSI qu'il avait été décidé, un grand nombre d'artistes dramatiques, deux cent cinquante environ, se sont rendus hier au foyer public du théâtre du Château-d'Eau, pour discuter la conduite à tenir à la suite de l'agression de M. Mirbeau.

MM. Émile Petit et Allart avaient été préposés à l'entrée de la réunion pour prier, dans les termes les plus amicaux, les membres de la presse de ne pas assister à leur petite cuisine de famille, afin de laisser toute liberté aux membres présents d'épancher leur bile, sans se sentir sujets à une surveillance gênante.

Chose amusante, c'est M. Chincholle, du *Figaro,* qui, le premier, vint essuyer le feu de cette mesure.

Avec toutes les fleurs de rhétorique possible, il va sans dire qu'il fut éconduit spécialement, en dehors pourtant de sa personnalité qui n'avait rien à voir dans ce refus.

Voici quelle était la composition du bureau :

M. Saint Germain, président ;

MM. Bellevaut et Péricaud, assesseurs ;

M. Sévin, secrétaire.

Parmi les assistants, on remarquait : MM. Lorrain, Collin, Fugère, Belhomme, Cobalet, Grivot, Clerh, A. Lambert, Chelles, Maillet, Valnay, Verlé, Bessac, Péricaud, P. Achard, Munié, E. Petit, Moisson, Faille, Montlouis, Guyon père et fils, Mondet, Luguet, Riga, Gaillard, Didier, Darman, Allart, Garnier, Chalmin, Tony-Riom, Milher, Meigneux, Numa, Martin, Brémond, Numès, Guy, Barlet, Dalbert, Brunel, Guimier, Bartel, Tony-Seiglet, Vavasseur, Duparc, Charpentier, Georges, Depay, Livry, Stéphen, Renot, Jolly, P. Albert, Riva, Rinaldi, Gothi, Dorgat, etc., etc.

Après un speech de M. Saint-Germain, divers comédiens ont pris la parole pour exposer leurs idées.

M. Volnay, régisseur général de l'Odéon, a fait valoir avec beaucoup de sagesse combien la Société des artistes gagnerait à se grouper autour d'un syndicat reconnu par la loi, qui pourrait, comme pour les autres corporations, prendre et défendre efficacement les intérêts de tous et de chacun.

Sur quelques paroles complémentaires de M. Munié, le vœu émis fut adopté pour être traité à fond dans une autre réunion. On va donc jeter les bases d'une chambre syndicale, dans le sein de laquelle entreraient des directeurs, des auteurs et des comédiens, chargés de débattre le bien général de la Société et de lui assurer la protection efficace qu'elle désire.

Enfin, la grande question Mirbeau fut vivement débattue, et, après de longs pourparlers, l'adresse suivante, proposée par M. Péricaud, fut adoptée pour être envoyée à tous les journaux parisiens, le *Figaro* y compris. C'est à l'insistance de M. Gailhard, qui s'est efforcé d'amener la question sur le terrain de la conciliation, qu'est due la phrase relative à M. Vitu :

« Les comédiens de Paris, réunis en assemblée au théâtre du Château-
« d'Eau, remercient messieurs les journalistes qui ont bien voulu prendre
« leur défense contre l'article inqualifiable paru dans le *Figaro* du
« jeudi 26 octobre, et particulièrement M. A. Vitu, parlant au nom de
« la rédaction entière du journal — et expriment à M. O. Mirbeau, qui
« se dérobe après ses insultes, leur dédain et leur mépris. »

Après quoi les signatures de tous furent apposées, et une collecte fut
faite à la sortie au profit de la Société de secours mutuels des Artistes
dramatiques.

IMPRIMÉ

par Paul SCHMIDT, 5, rue Perronet

pour le compte de

Georges BRUNOX, libraire

Paris.